KB244663

바람,
바람

* 이 도서의 국립중앙도서관 출판시도서목록(CIP)은 e-CIP홈페이지(http://www.nl.go.kr/ecip)와 국가자료공동목록시스템(http://www.nl.go.kr/kolisnet)에서 이용하실 수 있습니다. (CIP제어번호: CIP2013017197)

일상의 순간을 소묘하는 80편의 짧은 노래

바람, 바람

노정숙 지음

은행나무

차례

1부 바람의 편력

2부 미안하다, 사랑

3부 백년학생

4부 사람 풍경

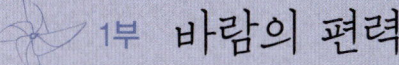

1부 바람의 편력

갠지스
강가에서

　은하수가 강림했다는 강, 그곳이 독탕과 대중탕으로 나뉜다는 웃기는 사실을 아는지. 부자들이 강가에 별장을 지으면 그 앞 강물이 그들의 독탕이라네. 새 그림자도 없는 독탕, 쪽배는 빈 입 벌리고 게으른 하품만 하네.

　벌거벗은 남자, 원색 사리를 휘감은 여자, 뱃가죽이 등에 붙은 남자, 뒤룩뒤룩 치렁대는 여자. 바글바글 대중탕에서 몸 씻고 싹싹 그릇 닦고 척척 빨래를 하네.

　시체 태우는 흰 연기 너울너울, 타다만 몸들 떠내려오고 강은 시큰둥, 표정도 없이 아래위 뒤섞여 한 몸이라 하네.

　강물은 그저 흐르고 흘러갈 뿐인데.

홍매는
동주를 보았네

후쿠오카 형무소에서 한 청년이 스러졌네.

외마디 비명이 담을 넘었네.

홍매 한 그루 까치발로 다 보았네.

밑동까지 들썩이며 진저리를 쳤네. 몇몇 해 꽃 피우는 일도 잊어버렸네.

갈라진 발 틈새로 삐죽 올라온 연녹색 이파리가 철없이 팔랑거리고 있는데 그 형무소 뒷마당엔 오늘도 다카하시와 스즈끼상들이 둘레둘레 어깨 걸며 다가와 '돈주님, 돈주님 우리 돈주님' 불러대고 어르며 무동을 태우네.

묵삭은 홍매, 핏빛 멍울 겨우 매달고 가쁜 숨 몰아쉬네.

반세기 더 넘기고도 늙지 못한 청년, 깊고 선한 눈매 그대로 꼭 다문 입술 여전하네.

아무에게도 아르켜주지 말고 우리 둘만 알자고.*

바늘자국 빼곡한 두 팔 자꾸만 흔드는데 다 늙어빠진 홍매 고개만 숙이네.

어쩔거나, 동주의 휘파람이 피운 저 매화.

---

*윤동주 시 〈귀뚜라미와 나와〉에서 인용.

아란,
국경에서

휘청거리는 몸 퀭한 눈이 빛나는 아이, 양쪽 허벅지에 노끈으로 묶인 건 청바지, 마른 가지 같은 팔에 감은 건 두 개의 청바지, 갈비뼈를 셀 수 있을 듯한 몸을 감은 청바지, 황톳길을 가르는 청바지. 감시병의 손에는 갈고리 모양의 공사장 철근이 들려있다. 누더기를 걸친 여자아이는 부러운 듯 쳐다본다. 검은 피부의 사내가 소리친다.

"청바지 원 달러, 원 달러"

그 침대

아테네의 뒷골목이다.

아라베스크풍의 철문을 들어서는 순간 뒤통수를 당기는 한기를 느끼긴 했다. 요괴 문양이 쌍으로 새겨진 침대를 보면서 죽음의 낌새를 알아챘어야 했다. 그때 벽마다 흔들리는 촛불을 바라보며 넋을 잃었나보다. 비릿한 냄새와 음울한 기운을 느끼며 온몸에 소름이 돋았을 때는 이미 늦었다. 건장한 체격의 프로크루스테스를 어찌 당해내겠는가.

사람을 겉만 보고 판단하면 안 되는 걸 잊었나. 짙은 눈썹에 우뚝한 코, 다정스러워 보이는 입매에 잠시 눈이 멀었나보다. 내 발로 걸어 그의 침대에 누웠으니.

내 자라지 못한 키 때문에 침대의 아래위가 한참 남았다. 얼른 위로 당겨 눕는다. 나를 침대에 맞게 잡아당길 때는 아랫도리만 늘이면 좋겠다. 허한 목에 찬바람이 지나간다. 괜찮아 괜찮아, 주문을 외지만 쿵쾅거리는 가슴은 터질 것만 같다.

죽음이 있어 다행이라고 떠들던 헛소리를 황급히 거둔다.

늑대,
제 피를 마시다

    에스키모인들이 피 묻은 얼음칼을 눈밭에 박아둔다. 그러면 배고픈 늑대는 달콤한 피냄새에 이끌려 얼음칼을 핥는다. 감질나게 맛있어 아, 날카로운 칼날이 드러날 때까지 죽어라 핥고 또 핥는다. 어느새 따스한 피, 제 피가 목을 타고 넘어간다.

    이제 멈춰야 해. 열락을 끝내야 해. 그러나 너덜너덜 뿌리를 드러낸 혀를 거두어들일 수 없네. 기어이 제 피에 취하네. 귓바퀴에 매달리던 달달한 목소리. 뜨거워, 삽시에 흥건해지던 그 눈빛, 오래된 기억들이 가물거리네.

타슈켄트,
그 농장

    사람들이 떡을 치며, 널을 뛰고, 윷놀이 하는 사진이 농장 벽에 전설처럼 걸려 있다.

    블라디보스토크에서 강제로 야간열차에 실려 동토의 변방에 버려졌던 이들. 시베리아의 삭풍을 달려 황무지에 떨어진 카레이스키들. 우리 아버지의 아버지의 아버지와 어머니들이다.

    검은 머리채 굽은 등 끌려가는 행렬, 뒤따르는 수로는 말없이 잘도 흐른다. 버린 적 없는데 잃어버린 고향. 잊어버린 말, 말, 말.

    미안하다. 미안하다. 미안하다.

눈물 표지판

나는 등짐 지고 사막을 건너는 쌍봉낙타.

젖비린내와 말똥내가 뒤섞여 울렁거린다. 사람들이 사막에서 풍장을 할 때마다 내 앞에서 내 어린것을 함께 죽였다. 나는 그들의 표지판이다. 그 길을 지날 때마다 어린것을 생각하며 가슴이 에인다. 내 눈물을 보며 사람들은 조상의 무덤을 찾지만, 나는 상처에 상처를 더한다.

무시로 떠오르는 그 아픔이 돋아나면 갓 난 새끼를 밀어내게 된다. 대대로 내려온 슬픔에 빠져 있을 때 나를 어루만져주는 것은 오직 마두금 가락이다. 낙타풀로 해진 내 몸과 참척의 쓰린 가슴을 어르고 달랜다. 구슬픈 음률 따라 한참 눈물을 흘리고 나면 격렬했던 고통이 한풀 수그러진다. 채이고 부대끼던 마음이 가라앉는다.

비칠비칠 다가오는 어린것이 비로소 눈에 들어온다. 나는 어린것에게 젖을 물린다.

내 몸은 늘 젖어 있다.

템플스테이

통도사 새벽 예불에 수십 명의 스님이 등장한다. 맨 먼저 넓은 장삼자락 아래 까치발을 한 젊은 스님들이 사뿐사뿐 날아와 자꾸만 절을 한다. 이어서 뒤꿈치를 바닥에 대고 터벅터벅 걸어 들어오는 노스님들, 출렁임 하나 없이 드문드문 절을 한다.

난 나이가 들수록 까치걸음 하게 되는데, 내둥 하던 일도 조심조심 돌아보게 되고 눈치를 살피게 되는데.

누운 자에게
말 걸기

운주사 와불 옆에 이른 서리 맞고 푸르게 떨어지는 낙엽들. 물들이지 못한 말 너무 많아 낮은 바람에 실랑이하네. 앉은 불佛, 선 불 세상을 벗은 그들. 잘난 탑塔 못난 탑 모두 모여 빌고 또 빌, 그 무엇이 아직도 남아 자리 털지 못하나.

그윽한 눈길 한번 못 맞춘 머슴바위 늘인 목 서늘한데, 칠층탑 위 조롱새 웃는 듯 우는 듯 날 새워도 눈길 한번 안 주는 무심한 염불.

천 년 누운 자리 등창 날 만도 하네. 서성이는 바람 베고 누워 허리나 감아볼까.

데카브리스트
기념관

   실패한 혁명가 발콘스키의 집이다. 발목에 쇠사슬을 차고 떠난 시베리아 유형. 그들의 젊고 아름다운 부인은 걸어서 걸어서 그 뒤를 따른다. 그녀들에게 사랑은 그 자체로 열렬한 유배다. 부모도 재산도 지위도 모두 버리고 오직 사랑만을 따랐다.

   이르쿠츠크 벌판, 사랑은 칼바람이다.

파타야
코끼리

관광버스가 도착했다. 인간들이 쏟아진다. 꽃으로 장식한 광장, 먼저 몰이꾼들이 어린것들을 선보인다. 투스텝으로 가벼웁게 등장해 두 발로 서서 군악대 연주하는 놈, 가느다란 코로 세발자전거 핸들 잡은 놈. 아슬아슬 빨간 프릴이 달린 옷 펄럭이면, 인간들은 귀엽다며 손뼉을 친다.

손에 든 바나나 송이, 한입거리도 안 되는 것 가지고 약을 올린다. 조롱을 한다.

코끼리 학교에 다닐 때, 바닥을 기던 애들은 밀림 속 벌목판으로 갔고, 중간쯤 걸린 애들은 인간을 등에 태우고 야자나무 숲을 어슬렁거리고 있는데, 그래도 최상급 성적으로 여기까지 왔는데 체면이 있지. 꾹 참는 내가 대견하다.

까짓, 오늘은 축구 골대에 공 한번 시원하게 넣어줘?

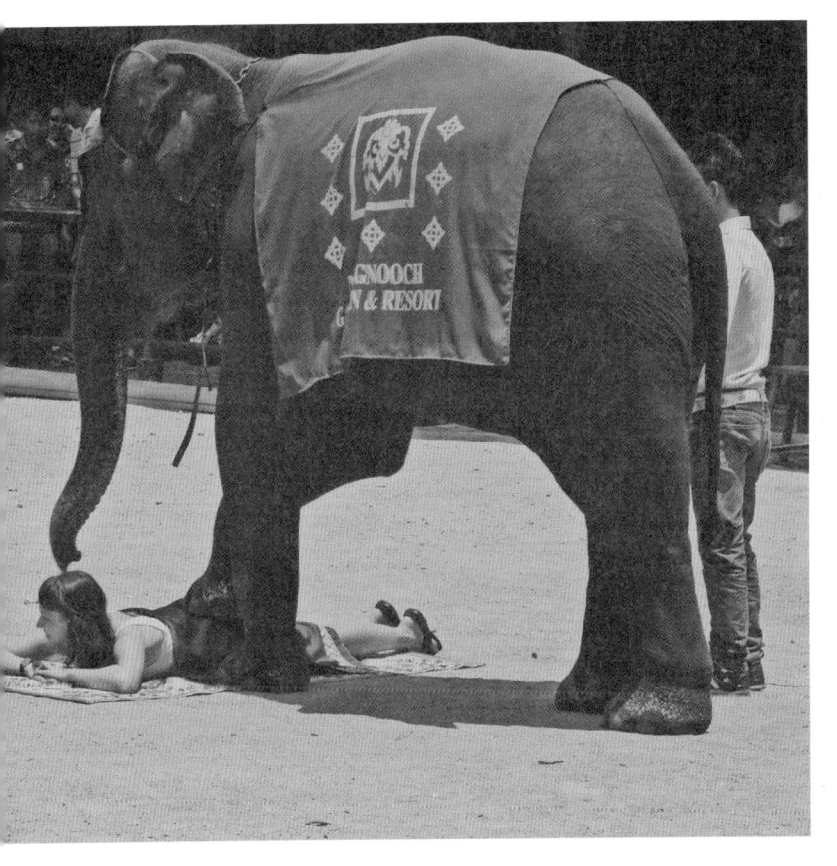

겨울
　채비

　회색곰이 자작나무에 한참을 기어오른다.

　아래를 한번 쓱 내려다보더니 이내 몸을 던진다.

　쿵, 로키 설파산이 흔들린다.

　재빠르게 일어나 결린 허리께를 만져보고는 다시 꿀통을 찾는다.

　쿵, 쿵 자꾸자꾸 떨어진다.

　기나긴 겨울을 먹지 않고 견디려면 살이 더 쪄야 한다. 아픔을 느끼지 못할 때까지.

　회색곰이 드디어 엉덩이를 문지르며 씨익 웃는다. 됐다!

　오직 몸으로 확인해야 하는 건 회색곰을 닮았네.

필연

　인도양의 모리셔스 섬에 살던 도도새는 1681년에 멸종했다. 생물학자들은 멸종 원인을 세 가지로 분석했다. 유순했다. 적이 없다. 날지 못했다.

　천연기념물 같은 저 여자도 도처의 적을 적으로 인정하지 않고 입만 열면 누군가를 칭찬하기 바쁘다. 내일 죽는다.

중산간도로
한가운데서

글라라 수도원을 가기 전, 나는 그만 이시돌 목장 벌판으로 들어섰다. 양 떼들은 아직 옷을 빼앗기지 않은 풍성한 몸으로 흥미 잃은 세상을 무심히 바라보고 있다. 저희끼리 한몸인 듯 비비대지만 찬서리가 내리면 서로 밀어낼 것을 나는 안다.

벌판 저 아래서부터 밀고 나오는 여린 것들의 몸부림에 가슴이 떨린다. 채이고 짓밟히고 다시금 일어나, 누추한 생이 시작하는 순간을 어찌 아무런 떨림 없이 바라보겠는가.

중산간도로 위 어둠은 망설임 없이 내리고, 글라라 수도원에 닿는 길은 아직 멀다.

신세계

공식행사가 끝나자 우리는 택시를 잡고 물 좋은 곳으로 가자 했다. 어느 곳이나 기사가 정보통이지. 20여 분 달려 내려준 곳은 거대한 성곽 앞. 입구부터 쾅쾅, 가슴에 대포를 쏘아댄다. 문 앞에 30세 이하는 사절이라고 써 있다. 음, 맘에 드는군. 산전수전까지는 몰라도 생의 그늘은 좀 알아야 한단 말이지.

앳된 웨이터가 무대 앞자리로 이끈다. 강비트 음악과 함께 겹겹 성문이 열리고 철벽을 배경으로 춤추는 남자, 훤칠한 키에 적당히 근육이 붙은 단단한 몸. 완벽하다.

오른손 올려 왼손 올려 허리를 돌리고, 그의 구령에 맞춰 굳은 몸이 열린다.

취한 오색 별 아래 물결치는 맨몸들이 캭캭, 각을 세우고

튕겨질 때마다 터지는 괴성. 속몸까지 젖을 무렵 하늘에선 가
짜 눈이 내린다.

  밖엔 폭염주의보가 내리거나 말거나 어둔 성에선 새 시간
이 피어난다.

시인의 집

검은 머리 여자가 보들레르의 무덤 앞에서 울고 있었다. 들썩이는 어깨를 보니 내 마음도 젖는다. 넓은 이마에 퀭한 눈, 수척한 그의 사진 옆에는 하얀 튤립 화분이 놓여 있다.

묘석 위엔 먼 곳에서 날아온 사람들의 승차권과 편지가 쌓여 있다. 그들은 홀로, 하고 싶은 말을 하고, 또 듣고 싶은 말을 듣는다.

나는 죽은 시인과 아무런 소통도 못하고 무덤가의 시든 꽃잎만 거두어주었다.

실어증과 반신불수로 세상을 떠난 보들레르, 허한 말을 놓아놓고 육신의 자유를 잃어버린 후에야 만난 죽음. 태어날 때도 죽을 때도 불운했던 천상의 시인.

그 앞에 내 민망한 허기를 내려놓는다.

바람
　벌판

　월곶에 가다. 헐벗은 염전에 늘어선 소금창고는 할 일을 잃고 웅웅댄다. 들풀의 지친 붉은색은 홀로 의연하다. 갯벌의 구멍 속 작은 게들, 게는 게의 일로 분주하다. 바람은 정지된 풍경을 찢긴 깃발을 흔들어 깨운다.

　12월의 맵찬 바람도 두렵지 않은 신부의 투명한 웨딩드레스가 시든 공단의 또 다른 꿈과 손잡는다. 빈 들녘 노을이 눈부시다.

새대가리의
거룩한 소견

　석가모니의 진신사리를 모시고 있다는 적멸보궁. 뒤쪽 소
나무 숲 새들은 그 위로 날지 않는다. 허공에 무엇이 보이는
걸까. 새들이 빙 둘러서 다닌다. 넓은 보궁엔 새똥 하나 없이
적멸 그 자체다.
　언제쯤 저 거룩한 소견머릴 닮을 수 있을까.

2부 미안하다, 사랑

종

대대로 종만 만들었다는 한 사내를 만났다.

울지 못하고 매달려 있는 종들 아래서 숫된 그의 눈과 마주쳤을 때, 우리는 원시의 언어로 하나가 되었다. 땀으로 젖은 등 갇혀 있던 말들이 서로를 위로한다. 모나고 거친 몸이 깊고 어두운 시간을 지나 둥글게 태어난다.

그는 백 년 전에 이미 내 안에 들어온 사람이었다. 그의 혀는 너무 능란했다. 나는 기어이 그의 종이 되었다.

목을 직각으로 꺾어야 볼 수 있는 첨탑, 그가 줄을 당기면 비로소 나는 몸을 던져야 한다. 내 것이 아닌 것을 탐한 죄로 오래오래 울어야 한다. 그리운 손 떨리는 입술 내 것인 것을 알아본 죄로 다시금 돌아와 무릎을 꿇어야 한다.

늑대가
사라졌다

산나물을 먹으면서 느닷없이
이를 닦으면서도 넋 놓고
옷 입으며 거울 앞에서 우두커니
빨래를 널면서도 아득해지는
깨어 있을 때도 꿈속에서도 어스름 달빛 아래서도
웃을 때도 울 때도 여행 중에도 검질기게
오직 한 마리의 늑대만을 열망하던
그 여자,

암컷과 새끼를 위해 목숨을 바쳐 싸우는
어려움이 닥치면 고개를 높이 쳐드는
실패를 두려워하지 않는

약한 상대를 노리지 않고 강한 상대를 선택하는

나아갈 때와 물러설 때를 아는

평생 한 마리의 암컷만 사랑을 하는

늑대가 없어졌다.

박꽃

눈짓만 주고받던 우리에게 하룻밤에 피고 지는 生은 얼마나 잔인한지. 영혼이 없다는 것을 일깨워주었습니다. 내일이 없는 이 밤만이 우리의 것입니다. 가슴에서 강물이 흐릅니다. 그 강물이 흐르고 흘러 그대 그림자를 황급히 적시고 말았습니다.

밤이 지기 전, 시린 달빛 아래서 다만 그대를 바라봅니다.

희망고문

의사가 '팔목터널증후군'이라고 했다. 키보드나 마우스를 과도하게 써서, 팔목터널이 좁아지면서 생기는 이상증세라고 했다.

춘천 가는 길목에 새로 뚫린 시원한 터널 1, 2, 3. 참 멋대가리 없는 이름 안에 갇혔다. 터널 같은 너에게 오래 갇혀 있었지. 그러나 아무리 좁아져도 맞뚫린 게 터널이다. 이제 와서 병통이라니 가당찮다.

겨울산

　　라디오에서 부동산 전문가라는 이가 말하기를, 땅을 살 때
는 겨울에 보고 사야 한다고 한다. 겨울엔 여자의 맨얼굴과
같이 일체의 장식이 없는 적나라한 모습을 볼 수 있다고. 늘
시큰둥하게 듣던 부동산 정보였는데 히야, 귀가 확 열렸다.
　　산에 갔다. 아름드리 은행나무는 벗은 몸으로 반긴다. 푸르
싱싱하게 만났던 낯익은 이파리의 흔적을 눈 쌓인 낙엽더미
에서 만나고, 저 봄날 누워서 하늘을 바라보던 벤치에 앉으
니, 구름을 희롱하던 바람은 어디 갔는지 하늘은 음전하다.
　　세상 변화에 굼뜬 외골수, 그의 민얼굴이 가만히 빛난다.

꽃뱀

첫눈에 혹해서 거금을 주고 산 킬힐, 남몰래 신으며 싱글거리네. 곳곳에 꽃무더기가 피어나 놀란 세포들 아우성 세상이 눈 아래로 보이네.

알록달록 연분홍 사이 푸른빛 홀랑홀랑 바꿔가며 누굴 유혹할까. 나랏돈으로 살던 저 남자, 쉬이 웃을 줄도 모르는 숙맥. 평생 돈 버는 기계였던 이 남자, 주위에 곁눈 한번 안 주던 목석.

뿌리께를 살살 흔들어볼까. 발목에 살짝 침 발라놓고 슬슬 올라가볼까. 바닥만 기던 습성으로 오지게 휘감아 한입에 꿀꺽, 저 남자를 통째로 넘겨봐?

백 년 치의
사랑

　다정한 눈빛은 십 년으로 잡지요. 모른 체했지만 그 눈빛의 파장으로 온몸이 달떴습니다. 어렵게 던진 첫마디, 다리의 힘을 앗아가버린 시작의 말도 십 년 치겠습니다. 나도 훌륭한 사람으로 느끼게 하던 후한 말들은 이십 년 드립니다. 호기롭게 잡던 뜨거운 손, 나를 깨우던 분주한 손의 일에 삼십 년 보탭니다. 거침없는 그대 입술, 열락에 이르게 하던 깊고 능란한 혀, 삼십 년 잡습니다.

　자, 백 년이 되었습니다. 그 백 년 시시로 머금고 놀다가 야금야금 꺼내어 씁니다. 내 생의 구겨지고 목마른 대목, 그대의 백 년으로 미끈하게 다립니다.

파리지옥

　홍자색 꽃향유, 달달한 솜털꼬리를 흔드네. 아찔, 미끄러지듯 들어가니 젖은 혀로 나를 감아 삽시에 포박하네. 머리도 가슴도 다 가져가라. 절뚝이는 두 다리도 아직은 쓸 만한 두 팔도 내놓으마. 울끈불끈 뜨건 피 네 실금 핏줄로 녹아들어 질펀하구나. 죽어서도 접지 못하는 이 환장할 꼴림.

확실이

　백치 아다다의 이름이 확실이다. 난 확실한 것이 없다. 지금 내가 매달려 있는 일이 확실한 일인가 자꾸 돌아본다. 괜찮아 보이던 사람이 갑자기 뜨악해지고, 애타게 바라보던 것이 한순간 시들해져버린다.

　어젠, 실없이 다 큰 사람을 울렸다. 확실히 죄 받을 것 같다.

낮술

　호숫가로 초대를 받아 낮술을 마셨네. 물무늬가 바람결에 흔들리고 있었네. 등 젖은 사막이 늙은 어매처럼 누워 있었지.

　바람이 응어리를 풀라고 풀어놓으라고 속삭였네. 난 낙타 등에 타서 흔들흔들, 설익은 말을 마구마구 게웠지. 그때 천년을 혼자 산 호수가 한마디 하네.

　쉿,

A4 용지

그대를 놓아놓고, 나 노숙자처럼 지하도만 찾아 헤맸습니다. 가로등이 켜지기 이른 시간, 밤이 제 몫을 하기엔 아직 선 어스름에 한참을 헤매다 보니 발에 커다란 물집 하나 슬렁거리며 그대인 듯 철썩 붙어 마알간 눈물 매단 채 자리를 잡습니다.

거리의 불빛이 일렁이면, 비로소 그 빛 속으로 날아갑니다. 온기 없는 빛은 텅 빈 머리를 쓰다듬고 기다림에 겨운 목을 핥아 길게 늘이고 구겨진 어깨에 내려앉습니다. 시린 가슴까지 다다르지 못하는 빛 가운데 서서 홀로, 달뜨던 한때에 흔들리기도 합니다.

하지만 이미 놓아놓은 그대, 내 마음 송곳 같이 갈아서 날개옷도 눈물주머니도 모질게 버리겠습니다. 그대에게 다 하지 못한 내 웃음과 한숨, 무엇이 되지 못한 말들을 여물게 밀어넣겠습니다.

치명적
사랑

영축산 팔부능선, 백운암의 깊은 밤. 길 잃은 처녀가 새처럼 날아들었다. 수행 중인 스님과 속세의 여인이 법당에서 하룻밤을 지냈다. 그 긴 밤 이후 여인은 상사병으로 시름시름 앓다 죽어 호랑이가 되었다. 호랑이는 밤마다 하늘과 땅을 향해 울부짖었다. 어느 비오는 날 스님은 호랑이 등에 업혀 저세상으로 갔다. 번개가 쳤다.

신발

  낯설다, 새로 산 꽃분홍 신발. 달뜨게 하는 빛깔에 반해 내
것을 만들었지만 버젓이 신고 나갈 수는 없다. 삽시간에 주었
던 마음 거두어들이기 수십 번. 내치면 서운하고 끌어안으면
아프고. 새끼발가락이 붉어졌다가 이슬이 맺혔다. 흘리지 못
한 눈물이 거기 맺혔는가.

그 사람

　살짝 스친 프라이팬은 시침 뚝 떼고 있는데 내 왼팔 안쪽은 붉게 달아오르네. 소독을 하고 연고를 발라도 진물이 질기게 흐르네. 더께 아래서 웅성이는 아우성, 의사는 너덜거리는 더께를 젖은 솜뭉치로 사정없이 밀어붙이며 3도 화상이란다.

　아, 오래전 깊이 덴 흉터 하나 근질거리네. 볕바른 날이나 비오는 날이나 여지없이, 취한 날이나 취하지 않은 날이나 문득문득 들썩이는 흔적. 아무튼 그도 슬쩍 스치기만 했는데 염치없이 깊이 새겨진 검붉은 화인花印.

가로등

한 눈 잃은 가로등이 비오는 공원을 지키고 있다. 나란히 선 나무에게 시린 등 내어주고 곤한 잔디를 일으켜세운다. 더는 못 가는 뒷자리까지 낮게 누워 하늘을 본다. 버리지 못한 것들이 거기 다 매달려 있다. 그 아래 멈춘 자동차가 흔들리고 있다.

겨울,
기억 속으로

보이지 않아 두려운 것들 모른 체 외면하고 길을 찾네.

눈 위의 눈 허리까지 쌓인 저 눈 세상, 늙은 소나무 한계를 떨구는 소리가 죽비처럼 내리치네. 처마 끝 고드름 통통 살이 오르네.

장난처럼 찾아온 사람, 기억의 끝자리엔 언제나 언 땅. 생각만으로 목이 메는 이름 하나 눈밭에 묻고 돌아서네.

3부　백년학생

지저스,
지저스

벽에 걸어둔 십자고상이 떨어져 박살났다. 삽시간에 십자가와 예수가 분리되었다.

눈높이보다 높아서 언제나 우러러 보던 십자고상, 십자가를 버린 예수는 청동상으로 자그마하지만 보기보다 묵직했다. 넉넉한 팔등신에 유난히 아랫도리가 홀쭉하다. 골고다 언덕으로 끌려가기 전에 무엇을 먹었겠는가. 갑자기 허기가 몰려온다. 내 배를 채우고 나서 바라보니, 짐을 벗은 예수가 해탈한 듯 가볍다.

그를 보며 생각한다. 남의 것은 몰라도 내 것은 기꺼이 내가 지리라.

모시풀

봄구절초 곁에 기댔지. 첫 이파리 목을 빼고 둘러보니 꽃 잔디 선웃음 흘리고 한련화 나른한 몸짓에 진저리 치네.

눈 밝은 저 인간들, 내 여린 목을 비틀고 뿌리째 낚아채는 구나. 아직 까칠한 솜털 세우지도 못했는데, 내 정체 어찌 알았을까.

버려진 둔덕 못난 것들 끼리 모여 얽히고설켜 아린 가슴 독기 품고 부풀린다. 누구든 닿기만 해라. 이름값도 못하는 천하고 질긴 이 몸, 통째로 던져주마.

빨래의
꿈

    신문을 보다 뛰어나간다. 가스불에 올려놓은 빨래는 제 몸을 부풀리다 넘쳐서 이미 불이 꺼져 있다.

    제대로 끓지 못하고 꺼져버린 불 위의 빨래. 폭폭 끓어 찌든때 벗고 형광빛으로 다시 나서야 하는데. 흔드는 바람에 제 몸 말리고 쏟아지는 햇살 받으며 웃고 있어야 하는데.

    아니, 그는 지금 낮은 몸짓으로 내 안 깊숙이 스며들어 작은 불씨 찾아서 긴 혀를 널름거리고 있는지도 모른다.

    활활 타오르는 꿈꾸며 '너도 한번 타봐'.

소금

3년 동안 쌓아두었던 소금자루를 헐었다. 간수가 빠진 소금은 보송송 살갑게 얽혀 있다.

독기 쓴기 다 버리고, 달다.

50년을 기울이고 있었는데 울끈불끈 삐죽빼죽 간수가 빠지지 않은 나는 뭔가. 간수가 빠지고 나면 또 달기는 할까.

고물들

세탁기에 물이 받치지 않고 흘러내린다. 냉큼 달려온 기사가 세탁기를 들어 올리더니 오십 원짜리 하나 백 원짜리 둘 녹슨 동전을 꺼낸다. 20년이 되어가는 세탁기가 돌아가는 것이 기특하다.

집 안을 둘러봐도 골동품 될 만한 게 없다. 도둑이 탐낼 물건 하나 없으니 가벼워서 좋지만 물려줄 게 없는 것이 미안할 따름이다.

내가 부린 욕심이라고는 나 자신을 들볶는 게 고작이었으니. 귀물이 되지 못한 고물끼리 눈 맞추며 수럭수럭 산다.

시간

장례식장에서 상주와 맞절을 하는데 무릎에서 똑, 또드득 소리가 난다. 젖은 눈 맞대고 멋쩍게 웃는다.

내 뼈마디도 이제, 스스로 우는 법을 알았나보다.

해오라비난초

그를 보고 깜짝 놀랐지.

금방이라도 날아갈 듯한 나비 아니, 긴 다리 흙에 갇힌 학인가.

날아보지 못하고 죽은 그의 제삿날, 음복한 술이 과했는지 이내 몽롱하네. 환하게 웃는 사진 속 그 사람, 설핏 작은 눈이 커지네. 조곤조곤 귀엣말 이어지고 내 머리 쓰다듬던 그 손길, 목덜미 간질이던 입김이 스멀스멀 피어나네.

나는 훌훌 벗고 춤을 춘다. 땀으로 얼룩진 초혼제, 너울너울 날개 펴고 바짝 세운 머리 꽃술, 못내 발을 뗄 수 없어도 덩실덩실, 춤이야말로 몸시詩가 아니던가. 기신기신 어깨춤에 올라 달보드레한 입술에 잠시 머물다가 난향 가득한 귓가에 이르네.

잘 사시오, 매정한 그 인사가 닿을 듯한 이명 같은 먼 울림.
피와 피가 수런거리고, 살과 뼈가 뒤엉켜 이룬 마지막 기상,
허공에 그리는 동그라미 커질수록 다가오는 이.

순간, 격랑에 휩싸여 둥둥 춤추며 날아오르는 저, 순백의
꽃잎.

광장의
촛불

지난날 성황당 돌무지 위에서도, 신새벽 장독대 정한수 밝히던 때도 이렇게 뼛속까지 시리진 않았다.

한때는 저녁밥상 앞에 불그레한 얼굴 비추며 덩달아 배부르기도 했다.

그 벌판에 오래 불던 피바람 오늘 다시 귓전을 찢고, 못난 것들끼리 기운 어깨를 맞대고 눈시울 붉히는데, 바람이 자꾸자꾸 흔든다. 꺼지라고 꺼져버리라고 재촉한다.

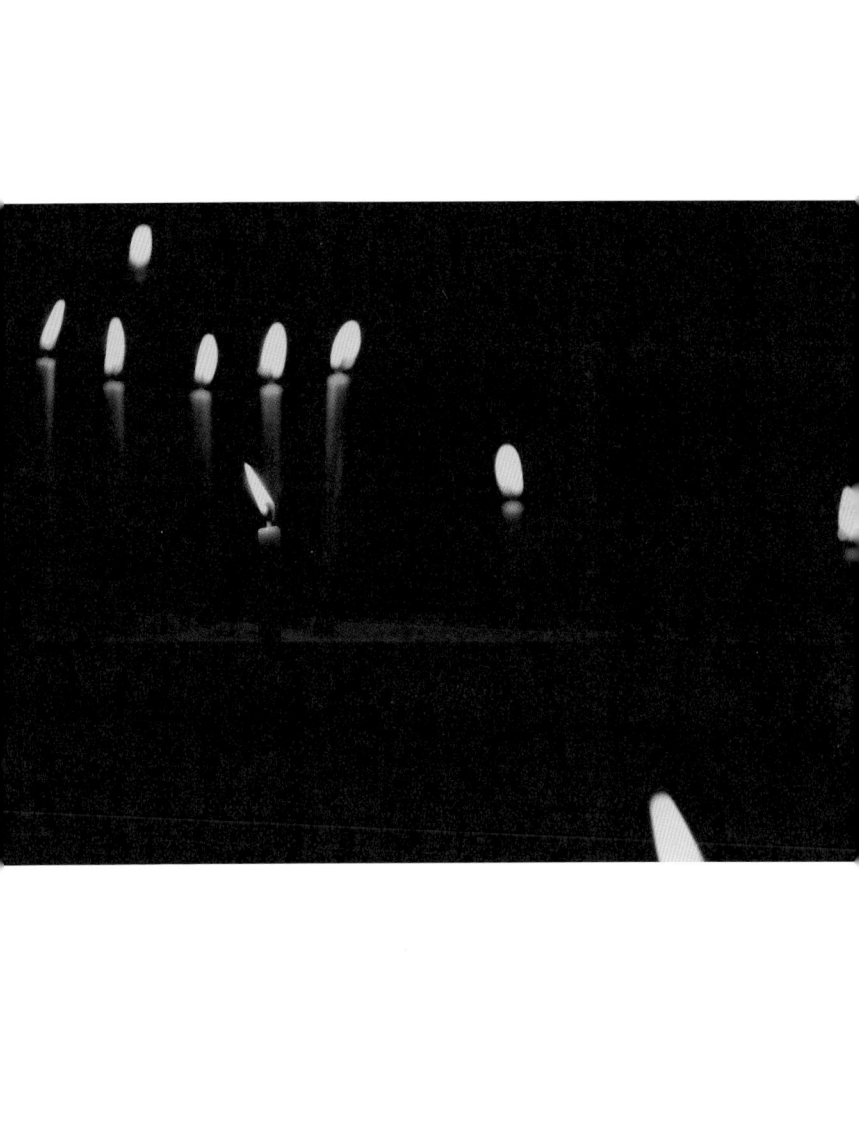

실족

　한낮 대학로에 이태백들, 봇물 터지듯 넘쳐나. 취하지 못하는 낮술로 쳐다보는 철 이른 마로니에 열매 시든 채 겨우 매달린 그곳에서 나는 다시 길을 잃었다.

　끼그덕 끼그덕 학림다방 나무계단이 내 무릎보다 먼저 날궂이 하는데 낯익은 얼굴들 풀기 마른 지 오래. 번지는 버섯구름 무릅쓰고 구석진 자리라도 잡으려면 바쁘고, 목뼈를 누르는 낮은 천장에 머리를 조아리는 연습부터 해야 한다.

　벼룩시장을 달리는 벼룩 몇 마리 먼저 와 진을 치고.

　오늘은 또 몇 통의 편지를 부쳐야 하나.

배운다

또 퇴짜를 맞았다.

내가 고른 통통하고 길쭉한 열무와 얼갈이가 내려지고 흰 띠를 두른 일산열무라는 것으로 올려졌다. 5백 원씩 더 비싼 것이란다. 빗어놓은 머리채같이 고무줄로 챙챙 묶은 단정한 달래도 획 던져지고, 산발한 달래 다발이 담긴다. 오늘은 돌미나리가 맛나다며 내 얼굴 한번 쳐다보고 쓱 담는다.

매주 목요일마다 서는 동네 장에서 내가 골라놓은 것을 팅팅 퇴짜놓고 장사꾼 맘대로 다른 것을 집어넣는다. 처음엔 조심스럽게 긴 설명을 하더니, 요즘은 간단하게 끝낸다.

기막힌 상술보다 저 당당한 자세를 배운 값으로 나는 말없이 계산을 치른다.

대포항

때 없이 분주한 대포항, 배부른 갈매기떼 사이로 등 시린 사람들이 기웃거린다. 하루를 허비한 낡은 어선의 사내는 빈 속에 통술을 붓는다. 있어도 없어도 좋은 달빛 아래서 사내의 부실한 무릎이 꺾인다.

게으른 가로등은 벗어놓은 그물 사이로 몇 시간 전 그가 속에 넣었던 것들을 내려다본다. 어쩔거나, 저 사내.

불협화음

내 자궁에 혹이 자라고 있다. 더 이상 생명을 만들 기미가 없으니 허전했나 심심했나 아기 주먹만한 것이 하나, 올망졸망 자잘한 것이 어깨동무를 하고 있다. 영양가 없는 살덩이를 키우고 있다는 것이다.

의사는 폐경에 이르면 저절로 해결될 터이니 걱정 말라고 한다. 뉘는 폐경을 완경이라고 한다나. 무엇을 완결했다는 것일까. 완결, 내게는 어림없는 일이다.

어쨌건 빨리 문을 닫아야 한다. 쓸데없는 것을 달고 사는 건 집안 내력인가 아버진 첩을 줄줄이 달고 살았고 어머닌 걱정덩어리를 끼고 살았다.

몸은 어서 닫으라는데 실바람에도 귀가 선다.

늑대를
위하여

　약육강식은 이 사회의 법칙, 먹히지 않으려 새벽부터 나가 밤이슬 맞도록 일했지. 당당한 눈치 백단. 물러서야 할 땐 딴전 피우고, 나아갈 때는 염치없이 앞장섰지. 머리에 서리 내릴 때까지 살아남았네. 정년 채우고 개선장군처럼 내려섰네.

　성긴 머리카락, 풀기 죽은 눈. 이빨마저 흔들거리네. 세차게 돌아갈 때 몰랐던 것들, 세상살이 어둔하네. 할 일도 없고, 집 밖을 나서면 모두 돈 돈 돈, 발 떼기가 겁나네.

　우리의 늑대들이 저물어가네.

꽃들,
　전시장에서 만나다

　낮부터 전시장에 꽃들이 모인다.

　다발꽃 바구니꽃 화분에 담긴 꽃들이 키대로 줄을 선다. 앞줄엔 수줍은 소심, 한란 어깨 비비고, 멀리서 온 덴파레, 오종종 눈 맞추는데 장난스레 혀 내민 심비디움 멀찍이 서 있다. 하얀 호접란 슬쩍 앞줄로 고개 내민다.

　키재기에서 비켜서는 건 멀대 같은 삼단화환, 그 이쁜 것들 아직 다 피지도 못한 것들, 모가지 댕댕 잘려서 다닥다닥 매달려 있다.

　꽃이 꽃을 비웃는다. 작을수록 귀한 거야, 아니야 여린 향일수록 비싼 거야. 하하, 저 널브러진 꽃송이들 좀 봐. 꽃들 수군거리고 그사이 붉은 장미 몇 송이 밥이 되어 터억, 전시장 그림에 걸렸다.

　전시회가 끝날 무렵 검은 봉투에 들어가는 시든 꽃들 사이 삐죽 내민 카드 한 장, 말한다.

　나도 밥이나 되었으면.

오늘

얼굴박물관, 오래된 석인石人들 사이에 청동 브론즈 하나가 눈길을 잡는다. 긴 코트가 버거워 보이는 남자가 넓은 계단을 오르고 있다. 계단의 시작 지점에 발자국은 크고 깊었다. 올라갈수록 점점 작고 흐릿해진다. 정상 가까운 곳에선 지치고 처진 어깨가 몹시도 무거워 보인다.

그 작품의 제목이 '인생의 행로'다.

내 인생 행로는 역순이다. 내 시작의 발자국은 미미하고 건건했다. 저물녘에 다다른 오늘, 싱싱할 때 건성이던 몸, 삐걱거리기 시작한 몸도 이제야 고맙다. 아직도 가당찮은 꿈을 꾸는 나는 오늘, 오늘이 최상이다.

경의를
표함

　지갑에 참을 인忍 자 석 자를 넣고 다닌다는 보일러공 시인 이면우. 돈을 참고 술을 참고 여자를 참고, 참 잘도 살아냈다. 쉰을 넘긴 맑은 얼굴. 그가 참으며 빚어낸 저 정한 자식들 눈물겹게 살아서 내 안으로 잠겨든다.

　아직 한창인 식욕을 참고 사주에 타고 난 역마살을 참고 대물림으로 받은 한량기를 참으며 예까지 겨우 왔다. 지나온 길 돌아보니 내가 마련한 것들 허름하여 미안하다. 이 몸도 쉽게 산 시간 없지만, 몸으로 산 그에게 오늘만은 깊이 엎드림.

나무

헐떡이며 너무 오래 달렸나보다. 신발은 낡아서 발가락을 툭툭 밀어내고 관절 마디마디에선 신음 소리가 난다. 숨차게 지나온 길, 흐릿한 슬라이드처럼 무더기무더기 지나간다.

영산홍이 꽃망울을 펑펑 터트리던 그런 첫사랑이 내게도 있었지. 산우산 그늘 드리우고 푸르게 함성을 지르던 시절은 너무 짧았어. 무성하던 머리카락을 붉게 노랗게 익혀 털어내는 법도 알았지. 하얀 눈이 내릴 때는 두 팔을 벌려보기도 했어. 나를 바라볼 너의 환한 얼굴을 위해서 말이야.

봄인가봐. 내 발아래 다시 푸른 이끼가 자라기 시작했어.

册,
울다

파쇄기에 잘린 새 책, 마르지 않은 먹과 부풀지 못한 종이
가 국수처럼 빠져나온다. 윤기 흐르던 얼굴, 잘린 자국마다
검은 피 흐른다. 감지 못한 눈 푸르게 빛나는데, 아직 더 할
말이 남아 있는데 오늘, 가차 없이 잘린다.

쾌적한 서고書庫 잘 보이는 곳에 당당하게 서 있다가 눈 밝
은 이의 손때로 매끈해지고 싶었는데, 책장을 넘기며 잠깐씩
고개를 끄덕이고 또 가끔은 눈물도 질금거려서 군데군데 얼
룩도 있어야 했는데, 자주 넘긴 흔적으로 살짝 부푼 몸피로
오래오래 살아남아야 했는데.

잡설

굳은 살 넉넉한 손, 그의 몸은 적당히 여위고 상쾌하다. 밥벌이가 지겹다던 말은 엄살이 아니었나보다. 잇몸이 뭉텅 주저앉은 것을 보면. 하룻밤 담배 두 갑을 바치며 쓰린 속으로 건져 올린 조사助詞 하나, 언제든 부정당할 준비된 언어들이다. 우리를 편안하게 해주는 것은 진실이 아니라 위선이라는 냉소가 그의 빠진 이 사이로 드나들고.

덜덜거리던 세탁기 소리가 멈추자 나는 고단했던 육체를 탈탈 털어서 볕 좋은 빨랫줄에 넌다.

정말이야

머리를 기웃거렸다. 사나운 얼굴로 노려본다. 피할 틈도 없이 날카로운 송곳니에 손을 물렸다. 이룬 것 없는 내 손, 무방비로 피 흘리는 부끄러움에 비하면 이따금씩 오는 통증은 참을 만하다.

살짝만 건드려도 바로 치받는 저 방자한 머리, 늘 무장하고 있는 머리, 날 세운 기개가 왠지 안쓰럽다. 다음엔 머리한테 꼬리를 좀 쳐봐. 선웃음이라도 지어주려나.

어쨌거나 아무리 비틀고 주물러대도 지긋이 받아주는 이빨 없는 꼬리 동네가 나는 좋다.

오래된
수필론

　무엇보다 재미있어야 한다. 쉽게 써서 감동을 주어야 한다.
인용문, 현학적, 이런 걸로는 안 된다. 너무 착하게 쓰는 것도
식상하다. 옛날이야기, 공자 맹자, 구태의연한 수필을 보면
나는 살기가 싫어진다.
　83세 청년을 만나고 온 후, 난 자꾸 입꼬리가 올라간다.

밟아주세요

허술하던 내 몸이 단단해졌다.

요즘 들어 사람들이 왜 이리 나를 좋아하는지. 걷기가 건강에 좋다는 말 때문에 몸살이 날 지경이다. 비가 오나 바람이 불어도 상관없이 내게로 향하는 사람들, 허리에 재깍거리는 것을 차고 발걸음의 숫자를 세는 이도 있다.

오른쪽에는 팔뚝만한 물고기들이 사는 물이 흐르고 왼쪽에는 잘 다듬어진 잔디와 벌개미취가 한창이다. 꽃도 없이 귀여운 애기땅빈대, 꽃이라고 보일 듯 말 듯 수줍은 매듭풀이 잔잔한 눈짓을 보낸다.

내 모습에서 '희망'을 읽은 이가 있다. 들풀과 자갈로 가득하던 벌판에 많은 사람들이 한 발 한 발 발자국을 찍음으로써 비로소 길이 드러나는 것을 보며 건져 올린 마음이다.

처음에 막막하던 것이 환하게 밝아오는 것, 자주 오래 밟아 주세요.

 4부 사람 풍경

재미나는
인생

    외할머니는 무엇이든 척 보면 안다고 했지. 하지만 난 외할머니가 되어도 어림없다. 척 봐서 아는 세상 무슨 재미로 사나. 반백년을 살고도 세상은 궁금한 거투성이다. 어머닌 잘 걷다가 왜 내 앞에서만 절뚝거리는지. 만날 밖에서 노는 남편은 무슨 일로 신날까. 아들은 어떻게 밥벌이를 재미있어 하는지. 나는 마구 헛다리를 짚고도 실실 웃는다. 이젠 필름 끊기게 취하는 맛도 알았으니 노상 무장해제다.

    어쩌면 내일은 꽃사태가 날지도 모른다.

백구두

봉순언니가 아침부터 구두를 닦는다. 솔질을 하고 퉤퉤 침을 뱉어가며 헝겊을 야물게 잡고 광을 낸다. 하얀 구두코가 반짝반짝 빛난다. 날선 바지에 중절모 눌러 쓴 아버지 찡긋 웃으며 내 머릴 쓰다듬는다. 한량아버지 나서면 골목 끝으로 모든 빛이 따라나간다.

이 골목에서 쓸개 빠진 놈은 네놈뿐이여 할머니 고함소리 자지러진다. 할머니 이마에 옥양목 머리띠 질끈 동여매고 눕는다.

어머니 재바른 빗자루 소리가 나른한 마당에 다시 햇살을 쓸어 모은다. 며칠 때론 몇 달 만에 돌아온 아버지 양복에 박하향 가득하다. 언제고 다시 떠날 백구두, 댓돌 위에서 멀뚱거리고 있다.

다비

매캐한 냄새에 눈을 떴다. 온 집 안이 연기로 뿌옇다. 곰국을 고다가 잠들어버렸다. 골골마다 진국을 빼기도 전에 새까맣게 다비에 들었다.

안 봐도 뻔하다. 내 도가니도 숭숭 성글어 바람이 드나들게다. 매일매일 절룩이며 밥물을 붓는다. 기를 쓰며 진수성찬 차려낸다. 내 밥 먹은 꽃들 여물고 환하게 피었다. 꽃향내 두엄 내음 모두모두 바람을 탄다. 저 높이 더 멀리.

언젠가 나도 절로 타 다비에 들 게다.

장삼에 대한 기억

방물장사 보따리 대청마루에 펼친다. 코티분 박가분 참빗 얼개빗, 알록달록 나일론 간땡구, 반짝이 양단, 결 고운 모본단. 집어봐라 너 좋은 걸루, 어머니가 재촉한다. 바닥에 깔려 보일 듯 말듯 한 연회색 잔무늬 포플린을 잡는다.

너는 왜 중장삼 같은 것만 좋아하니. 안쓰럽게 바라보는 어머니 눈빛 무거워 멀찍이 도망갔지. 그 넓은 장삼자락 품고 일찍 철이 들었나. 이내 그늘을 알아버렸나. 그 어머니 떠났지만 내 속엔 아직도 장삼자락 펄럭인다.

여름

　에어컨을 켜자 어머닌 베란다의 화분을 들여온다. 막 꽃눈을 틔운 소심, 환하게 웃고 있는 풍노초, 오종종 꽃대 휘어진 덴파레, 이쁜 놈부터 차례차례 거실로 입장한다.

　이 여린 놈들이 을매나 더웠을꼬, 어머닌 꽃잎 한 장 한 장 손바닥으로 쓸어내린다.

시차 20년

친구 생일이라며 석탄병케이크를 주문한다.

젊은 사람이니까 축 생신 이런 거 말고 Happy Birthday라고 써주세요.

젊은 사람이니까 소나무 사군자 이런 거 말고 심플한 걸로요.

초는 몇 개 드릴까요?

쉰아홉 개요.

네? 서른아홉요?

텃밭

패싸움이 났다. 상추 치커리 고추가 눈 부라리며 막말을
한다. 근대 아욱도 분기탱천 발길질 요란하다. 풀숲에 갇힌
쑥갓 쪽파는 머리채를 잡혔다. 이파리 절반은 벌레한테 내주
고 겨우 손가락만큼 영근 총각무 씩씩대며 허연 팔을 걷어붙
이네. 하얀 손차양 아래 당귀는 우아 떨며 샐쭉거리고, 죄 푸
른 것들 사이에 붉은 얼굴 백일홍까지 삿대질하고 나섰다.

그러게, 처음부터 그 잡것들을 들이는 게 아녔어. 노나 먹
고 살자고 한 게 헛소리였어. 아우성이 시퍼렇다. 구석진 자
리에 멀거니 서 있는 돼지감자, 시앗에게 안방까지 내준 큰엄
니를 닮았네. 그려그려 품 너른 큰엄니.

집

용인 참사랑묘역이다.

소리 없는 이웃들 분주히 움직인다. 황금빛 몸을 가진 비단왕거미, 소나무 사이에 거대한 집을 짓고 제 이름값을 한다.

한 목숨 하직하고 온 사람들, 죽어서도 다닥다닥 그물에 갇혀 달동네 이웃처럼 가까이서 멀리서 버둥거린다.

여물게 음각된 팔봉이, 귀녀 그런 낯익은 이름들. 레문도, 베드로 그런 낯선 이름들. 새 이름으로 세상을 내려다본다.

풀숲에 애벌레 자라서 자라서 날것이 된다. 비단왕거미 집을 향해 낡아서 날아간다.

외할머니의 왼손

    늘 왼손으로 바닥을 쓸고 앉는 외할머니, 넓은 치마폭을 가지런히 모으면 난 그 한 자락을 손에 감고 드러누워 옛날 얘길 듣는다. 우렁각시를 시작으로 귀신과 원님이 너나들이 하고, 맨손으로 호랑일 잡았다는 왕손 아제 펄펄 날고, 맘씨 고운 친구 순덕이가 정신대에 끌려간 대목에 이르면, 저고리 고름으로 코를 푸는 척하며 눈물을 훔치는 외할머니의 왼손.

    시주승의 홀쭉한 바랑에 됫박 쌀 담을 때도, 내 상고머릴 쓰다듬을 때에도, 왼손만을 재게 놀린다. 동백기름 발라 쪽진 머리 반드레 매만지고 사분사분 마실 갈 때면 어머니는 얼른 명주솜을 누벼 어깨에 붙은 몽당팔을 감싸고, 텅 빈 오른팔을 저고리 앞섶에 옷핀으로 여민다.

    외할머니의 오른팔을 질겨빠진 피댓줄이 감아먹은 후부터

어머니 가슴엔 피멍이 들고, 덜컹덜컹 왁자하던 외가의 정미
소는 친친 거미줄을 쳤다.

목련과
춘자

미끈한 붓 모양새로 여무는 목련
춘자씨 한일자 입매가 맵다.
여문 봉오리 뾰족 입술을 여는 목련
춘자씨 새치름한 눈빛에 주눅이 든다.
합장한 손처럼 보송송 음전한 자태가 눈부신 목련
춘자씨 각 세운 어깨엔 만만 기세.
암술을 드러내고 활짝 핀 유백색 화관, 숨이 차네.
춘자씨 턱 밑까지 잠근 단추가 운다.
속절없이 칠레리팔레리 떨어지는 목련
춘자씨 휘적휘적 지팡일 찾는다.
떨어진 꽃잎에서 달보드레 향내 풍기는 목련
춘자씨 기저귀에선 잘 삭은 두엄내가 난다.
나는 봄 멀미에 울렁울렁,

노인은
나의 미래

　바지런한 습성은 간데없고 연신 슬로비디오로 움직인다. 어머니의 발톱을 깎는 순간, 나는 비로소 가슴이 저릿해진다. 엄지발가락 깊이 뿌리를 내린 듯 앙버티고 있는 것이 아집 같다. 억지로 헤집어 잘려나갈 때도 뚜둑, 못마땅한 소리를 내며 겨우 떨어진다.

　따뜻하고 연하던 몸이 뻣뻣하고 퉁명스러워지고 있다. 말 랑말랑한 노인이 내 희망사항인데.

　목 뒤로 찬바람이 지나간다.

딸에게

가시를 무디게 하지 마라. 독한 가시 때문에 장미는 장미이고, 순결한 백합은 죽음에까지 이르는 진한 향 때문에 백합이란다.

어설픈 이해, 섣부른 사랑, 숨겨진 화합을 위한다고 네 가시와 향을 버리지 마라. 네가 너다움을 간직하는 것만이 너를 오래도록 살게 하는 것.

잠시, 흐드러지는 벚꽃도 순간, 활짝 웃는 목련도 저답게 살다 제 이름으로 가는 것.

푸른 장미가 되든, 검은 백합이 되든 아주 작고 향그러운 아기별꽃이 되든 오직 너 좋은 것이 되렴.

골목길

　아이들은 서로 얼굴만 봐도 웃는다. 슈퍼 앞에서 아이스크림을 빨고 막대사탕 들고 칼싸움을 한다.

　방울이 아빠는 아직도 누워 있는데 방울이 엄마는 식당일을 갔는데 방울이는 그저 들려오는 음악 소리에 허리를 비틀어 보고 낡은 신발로 땅을 구르기도 한다.

　오늘은 왜 이렇게 엄마가 보고 싶나. 동전을 긁어모아 오락실에 가볼까. 야구장에 가서 탁탁 공 날리는 소리라도 들을까.

　어느새 봄꽃은 지는데 펄펄 눈처럼 날리는데 새 신발 사들고 오는 엄마, 눈이 부신 바람결에 검은 봉지 달랑달랑.

해바라기
하나

　숨이 가쁘구나. 신림9동 71번지 비탈진 골목길을 오르니. 한 줌 햇살이 가까스로 고시원 좁은 담벼락을 비추고 거기 등 기대고 선 멀쑥한 해바라기 하나, 고개 쭉 내밀어 햇살을 만지작거린다.

　더 이상 아무것도 바람막이 될 수 없는 벌판에 해바라기 휘청이며, 서로에게 기대기도 하고 밀어내기도 하며 하늘을 바라네.

　부스스한 머리에 무릎 나온 운동복바지 허름한 슬리퍼가 신림동 패션이라며 싱긋 웃네. 아직도 판례집이 소설처럼 재미있니.

양순이

열여섯 살 식모 양순이는 주인집 아이 세발자전거 태운 채로 번쩍 들어 계단을 올랐지요. 그야말로 징징대는 투정까지 번쩍번쩍 들었지요. 학교를 못 가도 좋고 누가 놀려도 늘 눈이 안 보이게 웃었지요. 손버릇이 나쁘다고 동네에 소문이 돌면서 주인한테 매 맞을 때도, 늦게 다닌다고 혼날 때에도 씩 웃던 선머슴 양순이가 요즘 바람이 들었나봐요. 거울 앞에서 떠날 줄을 모르고 짧은 치마 펄럭이며 나다니데요. 여드름이 성나서 불그레한 이마로 나다니데요.

어느 날 그 양순이가 사라졌지요. 세탁소집 여자가 게거품을 물었어요.

아 이년이, 이 쳐 죽일 년 이년이.

아들에게

그래, 맹목의 사랑을 퍼붓는 어미의 품을 박차고 광야로 떠나거라. 거기엔 조건부의 사랑이 기다린다는 것을 잊지 마라. 맑은 햇살도 거친 비바람도 네 의지와는 상관없이 드리울 것이며 네가 미처 이빨을 갈기 전에 격전이 벌어질 수도 있단다. 순하고 착하게 살든, 날 선 맹수로 살든 네 맘껏 나아가 보렴.

어쨌거나 네가 웃으면 내 우주가 환하다.

첫사랑

아흔이 넘은 고모 이야기인데요, 열일곱 살에 선도 안 보고 집안에서 정해준 혼인을 했대요. 초례청에서 본 신랑은 훤칠하니 잘생겨서 고모는 첫눈에 반했대요. 그런데 그 신랑은 어른들 몰래 서울에서 이미 다른 여자와 살림을 차리고 있었대요. 족두리도 벗지 못한 채 첫날밤을 보내고 신랑은 서울로 떠나버렸대요.

고모는 시집에서 3년을 살다가 남편이 원하던 이혼을 해주었대요. 하룻밤도 함께하지 못한 남자를 못 잊어 매일 꽃단장을 하고 남자가 지나다니는 길목에 숨어서 그 남자의 모습을 훔쳐봤대요.

그러던 어느 날 용기를 내서 자전거를 타고 나오는 남자 곁을 지나갔대요. 남자는 스쳐가다가 돌아보며 혹시 정옥씨 아니세요 반색을 하며 물었대요. 누구신가요 우연히 마주친 듯 반문했대요. 그렇게 길에 서서 몇 마디 나눈 후 고모는 놀아왔대요.

그 후 고모는 족두리 쓰는 재미로 살았대요.

천년살이

쇠기둥에 받힌 겨드랑이 쓰리고, 주렁주렁 매달린 링거병 너무 무거워, 비바람 폭설 말없이 읽으며, 천년을 훌쩍 살아낸 용문사 은행나무.

살도 피도 다 버리고, 이제는 아주 눕고 싶은데, 천년을 산 노인에게 무엇을 더 어이 하라고.

결혼식장에서

　말쑥한 연미복으로 차려입은 신랑은 내가 알던 그 대리가 아니었다. 동료들 땀 흘려 일할 때 눈 속이며 영어공부만 하던, 손이 거칠고 구질구질한 노총각이 더 이상 아니었다.

　신부에게 주례가 죽는 날까지 남편을 사랑할 거냐고 물었다. 신랑은 신부인 필리핀 아가씨 마틸루에게 더듬더듬 통역을 해주었다. 어린 신부는 커다란 눈망울로 오케이 하며 고개를 끄덕였다.

　팡파르와 축포가 터졌다. 나란히 걸어 나오는 신부의 조금 짧은 한쪽 다리가 절뚝절뚝 춤을 추고 있었다.

모든 죽음은
타살성이 있다

한량 아버지 뜬금없이 쓰러져 석 달 만에 영이별에 들었지. 석 달이라는 기간이 적당타기도 하고 아쉽다고도 했지. 소실 어머닌 정신 놓고 10년을 기대어 살다 겨우 떠났지. 천진과 노회의 시간을 넘나들며 아주 느리게 죽음과 손잡는 것을 난 보았지. 깨끗한 죽음과 더러운 죽음에 대해 입방아를 찧어댔지.

내가 죽인 많은 것들, 지금도 베란다에 유기중인 꽃 진 화분들, 열대어 블루베타가 배를 뒤집고 물 위에 떠오른 것도 느닷없는 일이 아니듯, 한때 눈 맞추고 말 걸던 숨 붙은 것들 마음길 눈길 멀어지면 죽어간다.

오늘, 날 죽이고 있는 건 뭔가.

몸,
지다

　머릿속에 새가 집을 짓는 게야. 먼저 있던 것들 모두 몰아내고 얼기설기 새 판을 짜려는 게지.

　콧속이 수챗구멍인 게야. 쉴 새 없이 누런 물이 흘러내리지. 그러다가 가끔 역류도 하지.

　목구멍은 싸움터로 향하는 지하터널인가봐. 가지 않으려 뒷걸음치는 것들이 간질이며 찔러대며 부산스러워.

　내 어깨에 누가 사나봐. 지그시 내리누르는 놈, 쿡쿡 쑤셔대는 놈, 성가시게 구는 놈이 한둘이 아니야.

　눈과 눈 사이 나비들이 날아다니네. 모시나비 호랑나비 떼로 나들이 왔나봐.

　그 어지럼증 사이사이 달뜨며 흠씬 젖는 것이 이상해.

　세상이 그냥, 지네.

견딜 수
없네

기어이 보호시설로 내처졌다.

오른쪽 팔과 다리가 몇 봄이 지나도록 기척이 없다. 시시로 질금대는 똥오줌질, 가그린을 통째로 부어도 가시지 않는 입 냄새, 통제 불능의 몸뚱이. 난들 삼빡하게 살고 싶지 않았겠어. 나도 한땐 뚜르르 폼 나게 살았지.

지하도에 웅크린 땟국 절은 손을 외면한 적 없고, 신문지 밖으로 나온 발을 보면 내 발까지 시렸어. 더 받은 거스름돈 꼬박꼬박 돌려주고, 내 식구 군식구 가리지 않고 더운밥 많이도 지었지. 그리고 당기지 않아도 날 좋아한다는 사람 단 한 번도 내친 적도 없는데……

이젠 저 강을 건너고 싶네.

나를
받아주세요

나 삼문 벼랑에 섰습니다.

숨을 놓은 내 육신을 바칩니다. 많이 혹사당했음에도 불구하고 아직 쓸 만한 두 눈을 굳어지기 전에 누군가에게 얼른 주겠습니다. 무방비로 열어두었던 두 귀는 지니고 가렵니다. 순명을 다하는 귀의 자세를 깊이 새기기 위해서 곱게 거두어 가려 합니다.

다 쓰지 못한 뇌는 그대로 반납합니다. 한 번도 명석한 적 없이 궁리만 무성했지요. 내 등뼈는 일찍이 위엄을 버렸습니다. 힘에 부친 맏며느리 질을 오래하면서 저절로 비굴해졌습니다.

메스라고 하나요 그 벼린 칼로 가슴을 열 때 조심하세요. 늘 대책 없이 두근대던 심장 동네에서 아우성이 들릴지도 모르니까요. 앞으로 나아가지 못하는 웅얼거림이 가득할 거예요. 그곳은 아직 연륜이 만들어준 빗금을 새기지 못했거든요. 수많은 잡것들을 걸러내던 콩팥이며, 쉬지 않고 흐르던 대동맥이며 내동정맥은 오래된 고단함에서 비로소 해방될 것입니다.

포르말린에 잠겨 팅팅 불은 나의 몸은 몇 번 더 남은 할 일을 위해 대기할 것입니다. 끝으로 신참 의학도를 맞을 것입니다. 실습실 해부대 위에 반듯하게 누워 뼈와 내장이 무사히 해체되고 그들에게 오래 기억되기를 바랍니다. 흩어진 사이사이에서 흘러나올 내 한숨과 눈물이 마지막 부끄러움을 씻어주길 꿈꿉니다.

저기, 삼문 너머가 환합니다.

그 집 앞

비자림에 눈 내리는 날 만난 그 사람. 손짓하는 눈빛이 푸르고, 그 숫된 웃음이 푸르러 다가서면 뒷걸음질로 멀어졌네. 서늘한 이마에 화들짝 놀라 물러서면 한 걸음 또 다가왔지. 모래언덕에 앉아 바다를 보았네. 파도는 저 혼자 산을 넘어오는데 우리는 곁눈질로 서로를 넘나들었지. 노란 달맞이꽃이 꽃망울을 툭, 터트렸네.

비자나무 가시에 수도 없이 찔리는 밤이면 나도 모르게 그 집 앞을 서성이네.

작가의 말

지난 십여 년간 쓴 글을 〈아포리즘 에세이〉로 정리했다. 소설이 될 만한 생의 내력도 간결하게 뭉치고, 시가 될 절정의 순간도 눙쳤다. 틀을 벗었기에 가볍고 즐겁게 소통하리라 믿는다.

곳곳의 바람은 서늘하면서도 달콤했다. 바람의 어깨에 기대 바람을 품고 벼린 날들의 기록이다. 피와 땀이 수런거리고, 무릎과 무릎이 가까워진다. 부대끼어 쓰리고 아파도 멋쩍게 웃는 것이 내 지병임을 알았다.

모든 인연이 고맙다. 그들은 나를 이렇게 키웠다.

자주, 운이 좋았다.

이 거친 창唱과 곡哭을 야물게 묶어준 은행나무 식구들께 감사드린다.

노정숙

바람, 바람

1판 1쇄 인쇄 2013년 9월 17일
1판 1쇄 발행 2013년 9월 25일

지은이 · 노정숙
펴낸이 · 주연선

책임편집 · 강건모
편집 · 이진희 박은경 임유진 오가진 박나리
디자인 · 김서영 손혜영
마케팅 · 장병수 김한밀 정재은
관리 · 김두만 구진아 유효정

도서출판 은행나무
121-839 서울특별시 마포구 서교동 384 - 12
전화 · 02)3143-0651~3 | 팩스 · 02)3143 - 0654
등록번호 · 제10-1522호(1997. 12. 12)
www.ehbook.co.kr
ehbook@ehbook.co.kr

잘못된 책은 바꿔드립니다.

ISBN 978-89-5660-719-1 03810